詩集　ふらり信州

ふるさとが恋しくなったら

まえがき

私のふるさとは北信州。北信濃とも呼ばれています。見渡す限り続くりんご畑、コスモス街道、金色に輝く稲穂。実りの秋は、ふるさとが一番活気づく時です。雪深い里、千曲川の流れ、山の彼方に暮れる大きな夕陽。その自然の中に身を置くだけで生きている実感がわいてきます。

都会での生活が長くなればなるほど、ふるさとの景色が恋しくなります。スーパーでふと足を止めれば、信州産と書いてある果物が並び、本屋さんに行けば、ふるさとの山々の写真集が置いてあります。どれを見ても懐かしさで胸がいっぱいになります。

本書は記憶を辿り、幼い日の暮らしや、定年退職後のありあまる時間の中で書きためた、とりとめのない言葉遊びです。

しかし、「生者の行進」は、生きることの辛さ、苦しみを乗り越えた人たちへの賛歌です。ほとんどが自分や家族のことですが、あなたと共通する思いがきっとどこかに隠れているはずです。

あなたのふるさとはどちらですか。どこかに置き忘れてしまった自分のふるさとを探すように、本書を旅してみませんか。そして本当のふるさとを思い出したら、大切な人に便りをしてみませんか。

「前略　おふくろ、俺、元気だよ」「お姉ちゃん、私、毎日がんばっているよ」

たった一通の便りが、どんなに素晴らしい小説や詩集よりもきっと心を潤すはずです。

幼《よう》日《ひ》の数《かず》々《かず》

ふるさとのクローバー

妹とクローバーを摘みに行く
大きな袋にいっぱい取って…うさぎのエサにする
取って来たクローバーは蔵の中に広げて干す
そしてその上に二人で大の字になって寝っ転がり
クローバーの匂いに包まれて大声で歌を歌う
貧しかったけれどいろいろあったけれど
ふるさとの信州中野にはたくさんの思い出がある

荷車《にぐるま》に乗って

荷車の荷物の上に乗せられて
幼児の頃　隣村から引っ越しをした
引っ越し先の家の目の前のカーブで
曲がった途端　荷車の上から振り落とされた
これがかなり強烈な記憶だったらしく
大人になってもずっと覚えていた
否、それはもしかしたら両親の話しを聞いて
記憶の底にこびりついたものかもしれない……。

イナゴ捕り

実りの秋　たくさんのイナゴが飛び交う
妹と袋を持ち　たんぼに行く
面白いように　捕れる
袋の中で暴れるイナゴを　しっかり押さえ
家に持ち帰って　母に佃煮にしてもらう
今はもうイナゴを　食べることなどないが
昔の私たちにとっては　貴重な蛋白源だった

乗りたい自転車

小さな体で大人用の自転車に乗る
まだ上手く乗りこなせないくせに
乗りたくて乗りたくて挑戦する
田舎のジャリ道で何度も何度も転び
その度に両方の膝小僧に小ジャリが突き刺さる
悲鳴を上げながら母に小ジャリを取ってもらい
ボロボロになった膝小僧で翌日には又挑戦する
負けん気だけは人一倍あった

秋祭り

隣り村の秋祭り
笛や太鼓におかめにひょっとこ
お神楽引いて家々まわる
みんなはそのあとついて行く
ひょっとこ踊りにゲラゲラ笑い
大人も子供もはしゃいでる

ホタル

ホタルが　一匹
蚊帳《かや》の中で　二匹　三匹
うちわの縁に　四匹　五匹
私の指に　六匹　七匹
ホタルの光が　絡《から》まって
宇宙の端まで　繋がった
お目々がトローンと　繋がった

赤い顔　青い顔

お宮の境内　野積みの石に
額をぶつけて　血が吹き出した
子守の最中　背中の赤ちゃん
赤くなって　泣き出した
あらあら大変　さあ大変
私の顔も　真っ赤っか
泣き声聞いて　飛んで来た
青い顔した　母さんが……

タニシ

タニシボコボコ　たんぼの穴に
指を突っ込み　ヨイショとほじる
ザルの中には　タニシがいっぱい
ザルの無い子は　スカートに入れ
獲物抱えて　おうちに帰る
母さんカマドの　大鍋に
ザッザッと入れて　味噌汁つくる

母さん牛と獣医さん

野原に漂う　草の香よ
　牛さんお口に　タップリと
　　明日の活力　食べている

信濃の大きな　空の下
　力を付けた　牛さんが
　　準備を整え　待っている

白いお屋根の　牛小屋で
　じっとお産を　待ちながら
　　おぉ～ん　おぉ～んと泣く声に

大丈夫だと　声かける
　背高ノッポの　獣医さん
　　牛さんおぉ～んと　嬉し泣き

浜津ケ池

浜津ケ池で菱の実採った
ヒルが足に吸い付いた
慌てて取ろうと引っ張ると
ビローンと伸びて大きくなった
ひとつじゃないよ　何匹も
タオルで掴んで引っ張った
浜津ケ池のヒル怖い

道草

学校帰りに　道草食った
雨がポツポツ　降ってきて
慌てて近道　通ったよ
たんぼの畔道　ツルリとこけて
顔がたんぼに　嵌ったよ
田植えが終わった　たんぼの中は
おたまじゃくしが　スーイスーイ
ケコケコ笑って　スーイスーイ

ゴム跳び

フレアスカートの裾を
パンツの下に押し込み
童歌《わたべうた》を歌いながらゴム跳びをする
　日がな一日
友達とお宮の境内で遊んだ
懐かしいお宮の境内も
大人になって行ってみたら
それはそれは小さな場所だった

りんご園の男の子

りんご園の　端っこに
赤いほおずき　たくさんあった
りんご園の　男の子
両手にいっぱい　ほおずきくれた
ひよこもたくさん　飼っていて
欲しいと言ったら　ひよこもくれた

柿泥棒

お腹の虫が鳴いている
グーグーと鳴いている
お山の柿の実食べ頃だ
美味しそうに並んでる
ひとつ取って食べちゃった
お山のおじさん怒ったよ
追いかけられて蛇踏んだ
怖くて怖くて大泣きだ

初めての家出

どこか遠くへ行きたいと
　バスに乗って見知らぬ町へ
だんだん恐怖が湧いてきて
慌てて帰りのバスに乗る

お金が無くて途中で降りて
　泣き泣き歩いた帰り道
土蔵の陰に隠れていたら
疲れてそのまま眠ったよ

父さんおぶって家の中
　何も言わずに寝かせてくれた
次の日私は謝った
ごめんなさいって謝った

お背中トントン

絵本のあとの　お眠の時間
母さん疲れて　お目々がトロリン
そっと静かに　寝かせてあげよう
お疲れ母さん　お背中トントン
私のお手々で　お背中トントン
今日は私が　母さんよ
今日は私が　母さんよ

キラキラ光る

蜘蛛の糸にしずくがいっぱい
キラキラ　キラキラ　光ってる
庭の薔薇のお顔にも
キラキラ　キラキラ　光ってる
朝露いっぱい光ってる
あなたの小さなおててにも
キラキラ　キラキラ　光ってる

夜のたんぼ

たんぼの中には　何がいる
アメンボ　メダカ　ドジョウに　カエル
夜になったらカエルの家族　音楽会を開くんだ
アメンボ指揮者　メダカはダンス
ドジョウはお客のふりをして　大合唱を盛り上げる
近所の家では夕ごはん　カエルの合唱聞きながら
家族そろって食べるんだ　みんなでワイワイ食べるんだ

ふれあい広場

昔は人間怖かった
　とりもち使って捕まえた
　ザルを使って捕まえた

いまじゃ人より怖いもの
　それは何だと聞かれたら
　おまえは何と答えるか

すずめよすずめ　こちらにおいで
　パンをあげましよ　せんべいも
　ふれあい広場の　お・と・も・だ・ち

台風の後

水かさの増した　小川に
収穫直前の　みごとなりんごが
次から次へと　流されて来る
キュッ　キュッ　キュッと
りんごとりんごの触れ合う　小さな音が
農家の人達の　すすり泣きにも似て
ただ無言で見送る　私たち……

千曲川

大型台風が過ぎ去った後
千曲川の様子を見に行った
赤い大橋の上で大勢の人たちが
濁流となって流れる川を見ていた
上流から一頭の子豚が流されて来た
目の前を通り過ぎる瞬間
白い子豚の悲鳴が聞こえた様な気がした

麦の穂

麦刈りの手伝いに行った
　体中に麦の穂のチクチクとした
　先が当たり痛くて痛くて……

慣れない手伝いに息が上がり
深呼吸した途端に穂先を吸い込んだ
喉の奥に突き刺さり
血を吐くほど咳払いをしても取れない

家に帰り御飯の塊を飲み込んだり
ピンセットで取ろうとしても取れない
これくらいでお医者さんに行く時代ではなかったが
苦しみは何日も続き麦刈りが大嫌いになった

子守り

背中の赤ちゃんおもらししたよ
私の背中もビショビショだ
私もおしっこしたいけど
おんぶ紐が解けない
小学生と赤ん坊　二人揃っておもらしだ
稲の刈り入れまっ最中
誰も助けてくれないよ

おカイコさん

信州は養蚕の盛んなところだった
小さいころ家の周囲はほとんど桑畑で
蚕のことはおカイコさんと呼んで
家の中で大切に育てられていた
我が家では飼っていなかったが
繭を取ったあとのサナギが
どこかの家から大量に届くと
甘辛く煮て何日も食べさせられた

竹スキー

冬　近所のお寺の下の緩やかなスロープで
竹スキーをして遊んだ
父か兄が作ってくれた自家製のものだ
これがとても面白い
本物のスキーより手軽だし
結構スピードが出てスケート感覚だ
大人になってスケートに馴染めたのは
この竹スキーのお陰だと思っている

スズメバチ

兄がスズメバチに刺された
母は半狂乱になり息子が死んじゃうと大騒ぎ
母のあまりの形相に驚いて
小学生の私と妹たちはただただ見ているだけだった
田舎の子供たちは自然が遊び相手だ
私もハチに刺された腕に自分の尿をかけたり
ブヨ（藪蚊）に刺された腕や足を掻き壊して
それこそ傷がブヨブヨになったりしたものだ

（コラム1）　信州のりんご

私のふるさとは信州、りんごの産地だ。

お尻が青い頃から、りんごだけはお腹いっぱい食べられた。

近所のりんご農家の人が、商品にならないりんごを土間にゴロゴロと置いていってくれたので、白い御飯が食べられなくても、少し虫の食ったものや形が不揃いのりんごが、嫌という程食べられた。

東京に就職してお店で初めてりんごを買って食べた時、あまりのまずさに驚いた。長野では完熟した美味しいものを食べていたので、それ以来、りんごだけは地元から取り寄せて食べることにしている。

今は品種改良されたものがたくさん出回っていて、味も種類も格段の進歩をしている。中野市から届いた『ふるさと情報』によれば、「果肉が赤いリンゴを中野の特産品に」と書いてあり、写真に五種類の真っ赤な果肉のりんごが紹介されている。まだ、農林水産省に品種登録をしたばかりだとか。

知り合いのりんご園のおじさんは自然栽培を心がけているので多少の変形果もあるが、いつも蜜がたっぷりはいっていてとても美味しいりんごを届けてくれる。

だから秋が待ち遠しい。美味しいりんごが届くから。

ひまつぶしの詩《うた》

田毎の月

ひまかと問えば　暇だと答える
ましろき頭の　山の神様

つくしの子らに　春をせがまれ
ぶあつい雪を　蹴飛ばした
しなのの国の　山の神様

のどかに春と　戯れながら

うらのお山の　姫様呼んで
たごとの月と　夜通し語る

雛祭り

ひなだんのお内裏《だいり》さまが　つぶやいた
まーろは暇じゃ　酒でもたもれ

つられて隣の　お雛さま
ぶふふと笑って　白酒注いだ
しろざけ嫌じゃ　お酒が欲しい

のむのは明日　節句を終えて
うしろの棚に　帰ってから……と
たしなめられて　だだこねた

母猫子猫

ひなたでね　かわいい子猫が大あくび
まねして私も　大あくび

ついでに頭を　ちょっとなでて
ぶんぶん独楽を　回したら
しらんぷりして　無視された

のんびり昼寝の　母猫に
うっかり独楽が　飛びついて
たまげた母猫　ギャアァッーーっとね

カラスの巣立ち

ひるよる問わず　カァカァと
まうえで騒ぐ　カラスの軍団
つぶさに見れば　子ガラスが
ぶかっこうに　飛んでいて
したから上から　声かける
のぶしのような　父親と
うたで励ます　母親が
たっぷり愛情　注いでる

昼さがり

ひるまの河原にゃ　暇人が
まっことのんびり　歩いてる

つんのめって　転んでも
ぶーたれるのは　カラスだけ
しっかり前を　見なさいと

のどかな午後の　昼さがり

うかれて大声　出そうとも
たれが文句を　言うものか

そんな夢

ひる酒飲んで　昼寝して
まくらの上で　見る夢は

つのの生えた　かあちゃんの
ぶあいそうな　顔ばかり
したたか飲んで　つぶれたら

のみ家の娘の　あの笑顔

うそでもいいから「愛・し・て・る」
たまには見たいよ　そんな夢

日傘女子

ひがさクルクル　街角散歩
まあるいお屋根の　美術館

つぎの角には　カフェテラス
ぶうぶう豚さん　とんかつ屋
しろい建物　わあっ　凄い

のどから手が出る　白亜の豪邸

うっかりお嫁に　行こうなら
たんたん狸の　親父がいるかも

ひまわりちゃん

ひまわり畑の　ひまわりちゃん
まんまるお顔の　美人さん

つれない素振りの　我が孫は
ぶつぶつ文句を　言いながら
しぶしぶ散歩の　おつきあい

のはらで食べる　おにぎりは
うまーい美味いと　大はしゃぎ
たべもので釣る　ババの勝ち

雨の日曜日

ひぃらいた開いた　傘のお花が開いた
まりあちゃんの　ピンクの傘に

つぶつぶ雨が　いっぱいだ
ぶーんぶーんと　回したら
しずくが慌てて　逃げてった

のんちゃんも負けずに　傘振り回す

うみちゃんは雨に　お歌を聞かせ
たっくんが踊るよ　ヤッホォッー　ホォッー

干支は猪

ひとに何かを頼むより　自分で何でもやってしまう
まわりのことなど一切気にせず　こうと決めたら猪突猛進だ

ついつい飛ばし過ぎて　失敗をすることもあるが
ぶじにここまで来られたのは　亭主のお陰か
しっかり後ろから手綱で　操られている……ような……気もする

のっぴきならない事態に　陥《おちい》っても
うしろからチョイチョイと手綱で　左右に上手く動かされている…ような
たまに振り返って見ると　息切れしていそうにも見えるが……気のせいか

飛行機雲

ひこうき雲は　なぜか悲しい
ましろく長く　細く伸びて

つかの間の　大空のアート
ぶるどーざーの　黄色い爪に
しろい布のように　巻き付いて

のこりの命を　そっとつなぐ

うみからの風　山からの風
ただ静かに　静かに見守るだけ

眠れぬ夜

ひつじが一匹　羊が二匹
まて待て　少し飛ばして

つがいの羊が　あっちとこっち
ぶたも数えて　一頭　二頭
しかは……　いないよねぇー

のきしたあたりに　コウモリは？

うらの鶏小屋　卵はいくつ？
たのむから　早く寝かせてよー

満月の恋

ひこくんとおりちゃんの　恋物語
まんげつが頭上に　さしかかる時

つぶらな瞳のおりちゃんが　現れる
ぶーたんと言う　幸せの王国から
しろい宇宙船に乗って　ひこくんに逢いに来る

のっぽのひこくん　天空《そら》を見上げて

うれし涙を　ポロポロ　ポロポロ
たちまち地上は　宇宙船の港に……変わる

降りしきる雨

ひがな一日　降りしきる雨を見る
まどの向こう側は　高層マンション群

つらいことなど　何もないはず……
ぶえんりょな　カラスたちが
したり顔で　私を見て鳴いても

のんびりと青春を　謳歌してきた

うそじゃない　本当にそう思っていた
ただ降りしきる雨は　違う……と……言う

窓辺の風景

ひよどりが　ミミズをくわえて
まどの近くの　電線の上で

ついばみながら　こちらを見てる
ぶしつけながら　お食事風景
しっかと見させて　いただきました

のどごしも良く　ツルツルと

うまいうまいと　笑顔のひととき
たまたまだけど……　見たくはなかった

都会の夏

ひどいもんだね　都会の夏は
まるで地獄の　釜の中

つもりに積もった　人のおごりが
ぶすぶす燃えて　熱波の嵐
しぜんを壊し　季節に逆らい

のやまの風を　ビルで遮り

うつつの世界を　忘れ果て
たれ流す垂れ流す　クーラーの熱
　ああ………もう耐えられない

露草

ひそやかに密やかに咲く　露草の
ままにならぬは　その恋の糸

ついと伸ばせば　すぐ届きそな
ぶるっと震わば　その雨滴《あましずく》
しろき花の心に届く……　その近さ

のぞむも哀れ　その恋の糸

うたた寝の　瞼の微かな隙間より
たわいもない夢　庭の雑草《くさ》見て

真夏の合戦

ひろく門戸を開けて　我は待つ
まだ見ぬ君よ　いざ来れ

つよき陽射しに　抗いながら
ぶき持ち来れ　我が庭に
したり顔して我が血を狙う　藪蚊ども

のきに置いたる　噴射器《かとりき》で
うち落としたり　一網打尽
たたかい続く　真夏の合戦　やれやれ

散歩の途中

ひげ面の大男が　前から歩いて来た
まっすぐ私を　見つめながら

つるかめ通りの　たくさんの人が行き交う場所
ぶぜんとする私の横を　何ごともなく通り過ぎた
しばらく歩いていると　イケメンが来た

のほほんと彼の顔を見ながら　お互いに近づいた

うっかり彼に見とれている間に　胸を鷲掴みにされた
たすけてー痴漢よー　と言う暇もなく……彼は消えた

誰かさんの独り言

ひまだよー　ひま　ひま　ひま
まったくっ　何もすることがないなんて

つまらないつまらない　アーつまらない
ぶっちゃけ　お金が山のようにあったら
しゃかりきになって　遊びまくるのに

のみ放題の居酒屋　歌い放題のカラオケ

うちでゴロゴロ　ひまをつぶすなんて
たからの持ち腐れだよ　この美貌が……なーんちゃって

幽霊さん？

ひるも夜も見える　なにゆえ私の目の前に現れるのか
まだ小学生の頃　火の玉を見たことがある……お墓で

ついでにお話するが　時々この世の人とも思えぬ人を見ることがある
ぶきみなそれも怪我をして　ヨロヨロ歩く女の人が交差点の真ん中に
しばらくいや一瞬にして消えてしまうのだが　なぜか恐怖は感じない

のを軽快に走る自転車の中年のおばさんが　頭から血を流しながら
うたでも歌っているかのような　楽しそうな雰囲気で目の前を通り過ぎる
たぶんこの世の人ではないのだろう　何回見ても恐怖心はない……それが不思議

財布の中の福沢さん

ひょっとしてあなたも　私から逃げ出すつもりだったの？
まってよ待ってよ　どうして私の財布から出ていくの？

ついつい欲しいがままに　物を買ってしまったのは悪かったけど
ぶざまな格好で　逃げ出すことはないでしょう
しっかりしてよ　二度と私の財布から出ていくなんて言わないで

のこりはたった一枚　大切な大切な福沢さんよ

うちに帰って　大切に保管しておくから
たのむからこれ以上私を寂しがらせないで……　ねっいいでしょう

初心者

ひやりはっと……　車を運転していると時々遭遇するよね
まだまだ未熟だった頃　どれだけ怖い思いをしたことか

ついつい緊張しすぎて肩に力が入り　周りが見えなくなったり
ぶろっくの車止めがあるのに　乗り越えてしまったり
しゃせん変更しようとしたら　すぐ横に車がいたり

のみちを走っていたら　いきなりトラクターが出て来たり

うんてんは習うより慣れろって　本当にそうだよね
たくさん運転をして　とにかくひやりはっとで学ぶことだよね

断捨離の果て

ひょうたんから駒　まさに駒が飛び出てきた
まあー冗談のつもりが　思わぬ展開になって

ついに念願の詩集の　出版に漕ぎつけた
ぶすうは少ないけれど　本屋さんに並んだ
しょう学生の頃から　ことあるごとに書き連ねた

のーとの中の私の人生を　そのまま断捨離してしまうには

うしろめたさが募り　出版という嬉しい形になった
たった一冊されど一冊　私の人生が凝縮されている

福の神も……

ひょっとして私《わたくし》　笑うことを忘れてしまったのかしら
まるで鬼のような　形相ではありませんか

つい先日までは　ニコニコ　ニコニコ
ぶきみだと言われる位　笑っていたのに
しょうもないあんたの　一言に

のたうち回る程　頭に血が上り
うかつにも笑顔を　川に投げ捨ててしまった
ただいま…って　何食わぬ顔して戻って来ないかしら

日めくりカレンダー

ひめくりカレンダー　懐かしいなあー
まいにち一枚づつ　父さんがめくっていたなあー

つる亀仙人富士山など　純和風の絵
ぶこつな父さんが　心を込めてめくる一枚
しき折々三百六十五日　変わることなく

のこり少なくなると　あー今年ももう終りかぁって

うれしいのか寂しいのか　残りの枚数を
たばこをふかしながら　数えていたなあー

カマドのある暮らし

ひふき竹をうまく吹けない私は　カマドから逆流する煙を
まともに吸いながら　それでも一生懸命火を熾《おこ》そうとした

ついぞいまだかつて一度も　上手く熾せたことはなかったが
ぶうぶう文句を言う私を尻目に　母はアッと言う間に火を点けた
しょうがないでしょ私には無理よと　言い訳をしながら

のらりくらりと母の手伝いも陸《ろく》にしないまま　私は家を離れ東京に就職した

うちに帰っても台所の手伝いをすることは　あまりなかったが
たいへんだったろう昔の御飯作りを思うと　母に詫びたい……今更だけど

新宿Ａ《ア》Ｃ《シ》Ｂ《ベ》私の青春

ひびの慣れない生活に　疲れ果ててくると
まだデビューしたての　若い歌手の歌を聴きによく新宿へ行った

つぎから次へと響く大音響の中に身を沈め　一人孤独を楽しんだ
ぶきような私は　一緒に遊び歩く友達をつくることもできず
しんじゅくの音楽喫茶ＡＣＢへ　たった一人で通った

のみものと軽食を注文し　ひたすら音の世界に潜り込む

うたう彼らの姿を見つめながら　大音響の中に
ただただ我が身を沈め　青春のうっぷんを晴らしていた

別離《わかれ》の子守歌

ひまわりの種　一粒を
ままのおててに　握らせて

ついと横向く　小さなあなた
ぶじに育てよ　大きくなれと
しずかに祈る　送り人

のべの葬送　母と子に

うたう別離の　子守歌
たった一年《ひととせ》　たった一年母と子の……

生まれる

ひとは（子は）　母の血潮に抱《いだ》かれて
まだ見えぬ瞳のまま　この世に生まれる

つらい瞬間《とき》を　乗り越えて
ぶじに大きな　泣き声あげて
しっかりとその存在を　アピールする

のみほす母乳の　力強さに

うら若き母は　まだ見えぬ瞳の中に
たしかに写る　母《われ》の姿を見る

人生終りが肝心

ひまを持て余した時は　読書ほど楽しいものはない
まだ会社を辞めて間もない頃は　朝から晩まで本を読んでいた

つんであった本を片っ端から読み漁り　必要のない本は思い切りよく処分した
ぶあつい何とか全集など　場所を取るものは迷わず売った
ししゅうなど大好きな本は捨てられず　時々出しては今も読んでいる

のこりの人生あとどれくらい　あるのかは神のみぞ知る…だ

うしろを向かず前進あるのみ　長くて数十年生きられるかどうか
たった一度の人生「あー楽しかった。サンキュー。バイバイ。」そう言えたら最高

（コラム2）　信州中野インター

ラジオから聞こえてくる交通情報で「信州中野インター〇〇キロ渋滞」と、耳にする。行楽シーズンになると頻繁に聞くようになる。

ふるさとを離れてもう五〇年以上もたつのに、信州中野、否、長野県と聞いただけでも心がピクリと反応する。

たった一五年しかいなかったふるさとだが、そこには両親がいて兄妹がいて、何よりも友だちがいる。そして山があり川があり、美味しい空気とたくさんの思い出がある。

ふるさとの情報が、テレビやラジオから流れてくると一瞬、目を向け耳を傾ける。主人も「ほらっ、長野だぞ」と、私の反応を楽しんでいる。

一〇年ほど前までは、自分の車でよく長野へ帰った。中野インターが開通するまでは、ずいぶん時間がかかったが、インターからすぐのところに実家があり、本当に長野が近くなった。

しかし、長野は近くなったが、体がどんどん衰えて、帰りたいけど帰れなくなってしまった。

もう両親はいない。実家の兄も亡くなり、お墓参りもどんどん遠のく。寂しいけれど、ふるさとは私の頭の中からは消えることはない。

テレビやラジオに反応しながら、心はいつもふるさとにある。

（コラム3）　馬曲《まぐせ》温泉

馬が曲がる温泉。変わった名前だが、山の頂上にあり、四方八方が開けていて、天に昇ったような解放感抜群の露天風呂だ。

途中、くねくねと曲がった道筋にコスモスがたくさん咲いていた。初秋の風に揺れるコスモスのお出迎えは、人々をしあわせな気分にさせてくれる。

本当に田舎の鄙びた温泉で、おそらく地元の人たちしか行かないと思うが、あえて好んで行く温泉通がいるかも知れない。

馬曲温泉は、中野市から少し離れた場所にあり、とにかく名前が変わっている。変わっていると言えば、実家に程近い河原でも温泉が出た。河原の石を少し掘り、人が座れるくらいのスペースを作り、その回りを葦簀《よしず》で囲いミニミニ温泉にした。でもこの場所、どこだったのかまったくわからない。

両親がいないので確認はできないが、青春真っ只中の若い娘たちがはいるにはかなり抵抗があったが、私たちはお湯につかった。

葦簀張りの完全個室だが、強風が吹けば呆気なく倒れる。ヒヤヒヤドキドキものの怖い温泉でもあった。ちなみに馬曲温泉は、両親と最後に行った思い出の温泉だった。

生者《せいじゃ》の行進

女郎蜘蛛

庭先に女郎蜘蛛がいた
どこか怪しげな名を持つ蜘蛛だ
その辺《あたり》のいい男を掴まえては
血を吸い肉を食いポイッと捨てそうな
黒と黄色のトラ模様がいかにも獰猛な……感じ

糸の端をちょっと切ったらドテッと落ちた
しばらく様子を見ているとしっかり元の巣に戻っていた
もう一度糸をちょっと切ってみた
今度はバサッと落ちて動く気配がまったくない

「あらーごめんなさい。殺すつもりは無かったのよー」

私は慌ててコンクリートの上の蜘蛛に謝った

よくよく見れば女郎ではなく女王のような風格ではないか
その姿態のなんと美しいこと……

我ながらあまりにも大人気ない行為に反省していると
女王様はヨイショッと面倒くさそうに起き上がり
今度はゆっくりと蜘蛛の巣に戻っていった

ピラニア

少女の華奢《きゃしゃ》な背中には
人の形をした浮遊霊が張りついていた
我々地上で生きる生物は皆
祖先からの影響を多々受けて暮らしている
私にも例外なく祖先がいて今を生きる手助けをしてくれている

この少女の祖先には美しい娘がいた
その娘との恋に破れた男の霊がいまだ成仏できぬまま
この世をさ迷い続けている

家族と川の小さな水溜まりで遊んでいた少女
突然もの凄い力で水中に引き込まれた
背中の霊がけたたましい笑い声をあげながら
少女を水底へと連れて行った

その時どこからともなく幾百幾千のピラニアが
少女の背中を目掛け襲いかかって来た
食い千切られた霊の体は無残に溶けだし
悲鳴をあげながらどこかへ消えた
少女は一瞬夢から覚めたように遊んでいる家族の名を呼び
水溜まりに向かって走って行った
その手にはピラニアの写真が載っている
小さな図鑑がしっかりと握られていた

だから今日は君

悩んで悩んで悩み抜いて決めたとしても
今この瞬間を生きるその身体その命
遠い遠いあの世の祖先の一人ひとりが
君をこの世に送り出すためにつないで来た

奇跡という名のたったひとつの贈り物

　誰もが悩み　誰もが迷う
　生きるとは何？　生きることの意味を……

それでも人は食べて寝て泣いて笑って生きている
変わり映えのしない毎日にウンザリしたとしても
明日こそ明日こそ何かが起きて君の心に若葉が芽吹き
そこに蝶が卵を産みに…そうしたら…そういう小さなことでも
生きる希望が沸いてくるかもしれない

だから今日は君・生きろ　生きろ　生きるんだ

カゲロウ

高い窓から下界を見下ろせば
私には関係のない日常が動いている
窓の向こう側はとても暑く
日傘を差した女性が颯爽と通り過ぎる

怪我をして不自由な腕を庇いながら
じっと見つめる下界の喧騒は
まるでカゲロウのように揺らめいて
何十年も牢獄に閉じ込められた
皺だらけのおばあさんの心境だ

実際は僅か一週間の入院生活が
永遠のカゲロウの中にいるような
高い窓だと思っていた窓も実は
たった三階の明るい大きな窓で
看護師さんたちの笑顔が集うやさしい空間で

明日にはもうその下界に下りて行けるのに
今日最後の病院の窓から見る景色は
カゲロウがユラユラ……ユラユラ
明日の朝私はそのカゲロウを突き破って
いつもの居場所に戻れるのだろうか……

茶色のボタン

ある日の午後電車の中で
読書をしていたおじさんが
大きなクシャミをした
その途端背広のボタンがひとつ
プツンと音を立てて
通路に飛んで転がった

プツンと飛んだ茶色のボタン
それはほんの一瞬だったけれど
おじさんのお腹から飛び出た
小さな天使のように見えた
私はそっとそれを拾い
おじさんにそのボタンを返した

乗客はみな安心したように
おじさんを見て微笑んだ
各駅停車の車内には
又いつもと同じ空気が流れ
私はいつもの駅で降りると
いつもと違う華やいだ心で
自転車に飛び乗った……。

ロッキングチェア

ねぇあなたこの頃少し変よ　そう疲れているのね
そりゃそうよね私たち　もういい年齢《とし》だもの
朝から晩まで働いて働いて　気がつけば
人生の終りがすぐそこ　もう見えているもの……
そろそろ二人の時間を　取り戻しましょうか
何がしたい？　旅行？　それとも家でのんびり？
そうね……でも今は　その椅子でゆっくり眠ればいいわ

＊ロッキングチェア　ロッキングチェア
あなたのゆりかご　優しいベッド
そうね今はただ静かに　その椅子で眠ればいいわ

そして少し元気がでたら　野川の桜を見に行きましょう
孫を抱いて渡った　あのブルーのカワセミ橋（神明橋）
今はもう大分色褪せた　カワセミ橋
橋を挟んだ両側に続く桜並木　今年もみごとに咲いているわよ

＊ロッキングチェア　ロッキングチェア

あなたのゆりかご　優しいベッド
そうね今はただ静かに　その椅子で眠ればいいわ

颪の夕ぐれ

強颪に煽られた木の皮が
　スルリスルリと剥がれ落ちて
　　それを……

無精な颪がダルそうに
人の歩く道へと運び出す
コソコソと動き回る木の皮が
行き交う人の足に踏まれ
小さな切れ端になると
　そこはかとなく恋しい人の顔を
　　思い出す……

（やあねぇー　この時季　埃っぽくて）

そうして風に舞い上がる木の粉《こ》は
あの人の髪に結ばれてどこかへ運ばれて行く
　ジワジワ広がる秋のように
　　夕ぐれが私について来る……

あの子

あの子　どこの子　私の子
小さな瞳で　精一杯
親の背中を　見つめてる

時々暗い　押し入れに
ひとりで入って　待っている

私が捜すの　待っている

共働きの　休みの日
洗濯　掃除　山のよう
あの子と遊ぶ　暇もない
それでもじっと　待っている
暗い暗い　押し入れの
下の段の　端っこに
チョコンと座って　待っている

父ちゃんの蓄音機

父ちゃんは言った
俺はこの蓄音機を担いで戦場を逃げ回ったんだ
とても大切な物なんだ
だからお前たちは指一本触るんじゃないぞって

それなのに幼い私は父の留守中に
いつもこっそりとレコードをかけては聞いていた
手でハンドルをクルクル回し
何を唸《うな》っているのかも解らない浪曲を
何度も何度も繰り返しては聞いていた

その大切な続き物のレコードを割ってしまい
こっぴどく叱られた
よくよく考えてみればあんなに大きな物を
戦場へ持って行けるはずがない

それほど大切な物だったということなのだろう
お陰で私のソウルミュージックは今でも浪曲だ

ヤモリの危機

部屋の隅でゴソゴソと小さな音がする
なんとゴキブリ取りにヤモリが入っていた
ギョッとして一瞬握り潰そうかと思ったが
あまりの必死の形相にしばし目が点に

ヤモリと言えば家を守ると昔から聞いている
このまま捨てるのも哀れと思い助けることにした

水道水を細く流しながらヤモリをゆっくりゆっくり剥がしていく
皮膚を傷つけないよう慎重に……慎重に……
見た目と違い皮膚は以外としっかりしていたが
何だかヌルっとしたイメージで最初は怖かった

格闘すること一時間どうにか綺麗に剥がれた
本人もさぞかしビックリしたとは思うが
この手の物が苦手な私にとっても

一時間も触れていたとは驚きだ
ちなみにヤモリさんは庭の片隅に放してあげた
勿論ニッコリ笑ってお帰りになりましたよ

花柄のワンピース

おかあさん　私のあの花柄のワンピースと
赤い鼻緒のポックリは何処へいったのかな

あの日私が夏休みの工作を入れる
箱を捜しに土蔵の二階に上がらなければ
階段から落ちて怪我をすることも無かったんだよね

血に染まった花柄のワンピースと
あのポックリはあれ以来一度も見なかったけれど

何処へいってしまったのかな

おかあさん　あの日からずっと私の怪我を
気にかけていたんだね
だって田舎に帰る度に私の腕を見ては
溜め息をついていたもの
ごめんねおかあさん　新しいワンピースと
新しいポックリに浮かれ
ついつい油断をした私が悪いのに……

姉妹揃ってやっと買って貰ったワンピースとポックリ
たった一日しか着なかった夏の晴れ着
きっと何処かに埋めてしまったんだね……おかあさん

風吹く夜は……

積み上げられた野の石の
　南無阿弥陀仏と泣く声が

風に紛《まぎ》れて飛び散れば
遥か山の向こうまで
　南無阿弥陀仏と聞こえるか

愛しい人の住む村の小さな家の窓辺にも
　南無阿弥陀仏と届くのか

風吹く夜の野の石は
　南無阿弥陀仏……南無阿弥陀仏と……泣いている

（棄てられて野積みにされた墓石です）

ビワの木

木の実が道にポトリと落ちて
　カラスがそれを食べました
それはカラスにとって必要だから
　命の糧　だから
でもでも木の実に群がって
　カアカア騒ぎ過ぎるのは
それは許されないのです　都会では
　だから切るしかありません
涙を飲んで切るのです
　罪のない　ビワの木を……

（コラム４）　文旦《ぼんたん》とアロエ

子どもが通う保育園で知り合ったお母さんのなかに、ひと際美人で気取らない人がいた。ゆったりと話す彼女に癒された私は、仕事帰りによく家を訪ねた。田舎から届いた文旦や、増えすぎたというアロエをもらったり、日々の何気ない会話に心が弾んだ。ある日、

「私、頭の中に五百円玉くらいの腫瘍ができたの」

……と、告げられた。

それからの彼女は入退院を繰り返し、やがて寝たきりになって、生命維持装置をつけた。病状を見守ることしかできない私は、時々お見舞いに行っては彼女の名前を呼び、語りかけた。穏やかな寝顔は再び私の声に反応することはなく、長い間、ベッドの上で過ごした。

私と誕生日が同じで、何歳も年下で、三人の子どもたちの母親だった彼女は、人一倍元気に仕事もしていたのに、何もしてやれない自分が情けなかった。

せめて「体調が悪いのよ」と言われた時に、もっと強く大きな病院に行くように勧めていたら、無理やりにでも病院に連れて行ったら、ちがう結果になっていたかもしれない。

我が家でたくましく育っているアロエを見るたびに、もう、二度と会えない彼女の顔を思い出す。

（コラム5）　生かされて

小学校の夏休み。ちょうどお盆の真っ最中に階段から落ちて左腕を骨折した。ポッキリと折れた骨は肉を裂き、皮を破り、ブラブラになって外に飛び出た。市内で唯一の総合病院はお盆休みで、家のすぐ近所の病院に運ばれた。

先生は麻酔や輸血もない状態の中で、泣きわめく私をみんなで抑えながら手術をしてくれた。大量出血をした私は傷の痛みよりも、体の上に何トンもの重圧をかけられたような圧迫感と重苦しさで体が「重たいよー、重たいよー」と、ずっと呻《うめ》いていた。

あの日、先生がどこかに出かけていたら、出血多量で私は命を落としていただろう。

その後、怪我の後遺症で手首の筋力を失った私は、進学を勧める両親や中学の先生の声を振り切って就職を希望した。お金に余裕などない両親に心配をかけまいと、とにかく就職をしたいとの一点張りで、逃げるように東京へ出てきた。

働きながら、あちこちの病院で機能回復手術を繰り返した腕にはたくさんの傷跡がある。

信州に生まれ育ち、信州のお医者さんに助けられた私は、定年までひとつの会社で働いた。

今、たっぷりとある時間の中で、大好きな詩を書いて楽しんでいる。

ふるさとに思いを馳せるときに、頭に浮かぶのはやはり懐かしい景色とリンゴの匂い。ふらりと帰って、ふるさとの空気を胸一杯に吸い込みたい。

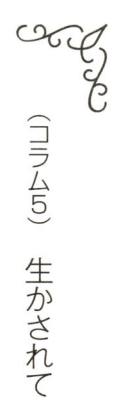

パズルな詩集

パズルな詩集

パッと見て　　アッ
ズッコケて　　ウッ
ルックスに　　ン？

ながいもの　　のみこんだ

しろい蛇　　　こりゃなんだ
しろい蛇　　　きがついた
ゆらゆら　　　ゆれている
うまの手綱　　うーマズイー

たぬきとたぬき
とたぬき

たぬきがフンフン　走ってる
ぬきさしならぬ　格好で
きっとあれは　どぶろくを
　とって腹に　隠してる
たまたま見かけた　村長さん
ぬきつ抜かれつ　追いかけて
きものの裾《すそ》を　踏んづけた
　とんだ災難　スッテンコロリン
たまったものでは　ないわいと
ぬまの淵で　一休み
きがつきゃ　たぬきは森の中

黄色い麦わら帽子

きいてよ聞いてよ　私の初恋
いちごを摘みに　山の畑へ
ろんぐへアーを　なびかせて
いちもくさんに　走っていたら

むしが嫌いな　私の顔に
ぎんぎんギラリの　カナブンが
わらいながら　体当たり
らぶラブだった　ケンちゃんの

ぼうず頭に　投げ付けて
うんと怒られ　悔し泣き
しかたがないよね　嫌われたって

祭りの後には

まつりの後の　寂しさが
つーんと胸に　広がって
りんごのように　甘酸っぱい

　のはらに残る　祭りの後も

あしたにゃ消えて　しまうだろう
とんがり山に　冬が来りゃ
にこにこ笑うは　風ばかり
はだか地蔵は　寒かろに……

桜の咲く頃

さくら恋しや　恋しや桜
くにもと離れて　早や五年
らくだと砂漠の　この国で
　のこりの人生　終わろうと

さくらの季節が　忘られぬ
くには捨てたが　桜は恋し
これ見よがしの　絵葉書が
ろうかの壁で　咲いている

そうだっ
山に行こう

そろそろ行こうぜ　あの山に
うしろに続けよ　山ガール
だまって俺《おい》らに　ついて来い
つらつら連なる　稜線で

やすむな歩けと　声かける
まめにみんなを　励まして
にっぽん男子の　意地見せる

いわばを無事に　乗り越えて
ここから先は　気にかかる
うしろの彼女に　声かけよう

雪だるまと野うさぎ

ゆかの下から　壺が出てきた
きいろい小判が　ザクザクと
だれにも内緒で　手に入るかと
るびーの指輪が　買えるかと
まんがのような　空想が

とてつもなーく　広がって

のこのこ床下　覗いたら
うさぎの糞が　ザクザクと
さらにその奥　子うさぎが
ぎゅっと睨んで　おったとよ

思い出の場所

おんどり逃げたよ　雌追いかけて
もんどり打って　こけながら
いちばの中で　大暴れ
でしゃばりばあさん　ほうきで叩きゃ

のたうちまわるは　肉屋のじいさん

ばかにするなと　肉投げつける
しゅらばの中を　とり逃げ回る
よせばいいのに　取っ組み合い

星の降る夜に

ほしがバンバン　降る夜にゃ
しゃれしゃれこうべが　踊り出す
のんきに寝ている　仲間を起こし

ふっかつ祭の　始まりだ
るんばもあれば　ムーンウォークも

よどおし踊る　墓場の住人
るつぼに嵌まる　ひとときは
にんげん様が　寝てる間に……

街角の宝石箱

まあっーなんてったって　あなた
ちかくて遠いは　夫婦の仲って
かんかんがくがく　言うのはいいが
どんどん話が　広がって

　のぞき三軒　両隣

ほらほら違うよ　隣三軒両隣
うるさい大人に　うるさい蠅が
せきを切るよに　広がって
きがつきゃ　街中噂の花が

ばかも杓子も　いや猫も杓子も
こおどりしながら　話してる

通りすがりのおじいさん

とんでもない　じいさんだ
おれを無視して　行きやがる
りっぱな背広に　蝶ネクタイ

すました顔して　歩いてる
がまんも限界　こんちくしょう
りかいに苦しむ　態度だぜ
のんだくれの　痩せガエル

おかしなおかしな　靴履いて
じまんのヒゲを　付け忘れ
いさんで出かける　その姿
さんざん息子を　コケにして
んーもぉーバカ親父ったら　バカ親父

川を渡る風の音

かしましいっちゃ　ありゃしない
わたしを見つめる　ガマガエル
をおーんをおーんと　鳴く声は
わたしの先祖の　呼ぶ声か
たまの休みの　墓参り
るんるん気分にゃ　なれないが

かなりテンション　上げて来た
ぜいたくなんて　できないが
のんびり先祖と　酒酌みあって
おんぶに抱っこの　昔の話
とんと聞かせて　貰いましょうか

春の大あくび

はやく走って　くださいよ
るんるん気分も　いいけれど
　のんびり歩く　時じゃない

おうめマラソン　真っ最中
おたくのために　この俺は

あのこを連れて　やって来た
くびれた胴が　かわいいと
びにーる人形　抱くなって

明日天気になあれ

あっかんべー　もう知らない
したくはなかった　さっきのけんか
たまたま見つけた　ダンゴ虫

ててに乗せて　転がした
んでもって　どこかに逃げられた
きーちゃん泣いて　怒ったよ

にらんでおうちに　飛んでった

なんであんなに　泣くのだろう
あしたになれば　ダンゴ虫
れいちゃん見つけて　あげるのに

手毬恋歌

てふてふを掴まえおれば　嫌がりし
まえへこごみて　指の間に
りんぷん残し　飛び去りぬ

こわれた羽の　いと悲し
いともたやすく　千切れたる

うま屋の側の　恋蝶《こいちょう》に
たった一度の　逢瀬路なれば……

春には春の

はるがすみ　朧《おぼろ》に浮かぶ菜の花に
るろうの民の　モンシロチョウ
にわか仕立ての　ドレスを羽織り
はるのひととき　舞を舞う
はおとで奏でる　メロディーに
るろうの民の　客人が
のどかに集う　春の饗宴

太鼓たたいて踊り出す

たいこの音に　誘われて
いも屋のじいさん　戯《ざ》れ歌を
こえ高々に　歌い出す

たんぼに運ぶ　肥え桶も
たいこに合わせて　踊り出す
いつしかフラフラ　千鳥足
てんびん棒で　調子取りゃ

おとに合わせて　大きくユラリ
どてにぶつかり　ゴロゴロと
りんかの畑に　肥え桶飛んだ
だまって見ていた　隣のばあさん
すいかを投げ付け　ジ・エンド

花は野に置け　山に置け

はーいこんにちはー　何から話す?
なまめかしい話は　無理よ
はたちまでには　あと三年もあるし……

のんきに勉強ばかりと言うのも　嫌よね
にんげんの寿命なんて　高々百年
おお海原や宇宙に比べたら　ゴミみたいなものよね
けっこう長いようで　短そうだし……

やっぱり恋がしたいわ　誰かいい人いない?
まああの人生なんて　ゴメンだわ
にんげんとして　生まれた以上

おもいっきり　デッカク生きてみたいし……
けっきょくそんなことばかり　考えてる毎日よ

永遠の眠りに

とめどなく　流れる涙
わが胸の奥深く　さ迷う
のがれる術を知らぬ　少女の
ねむりを千切る　魔界の人よ
むくな乙女の命を　恋しがり
りふじんと言う名の　病で包み
にどと戻れぬ　旅路へと誘うのか……

砂漠の月あかり

さき誇る　薔薇もない
ばらを愛でる　人もいない
くち果てた　白い小さな家

のら猫が　数匹

つきの光の中で　戯れる
きらきら光る　黒い瞳で……

あの月の向こうに　あるのだろうか
かすかな希望の　光りが
りんとしたあの月の彼方の　遥か向こうに

（コラム６）　志賀草津ルート

長野からの帰り道、兄が志賀草津ルートを薦めてくれたのでそれで帰ることにした。

その途中、満天の星空を見た。兄が見せたかったのはこの星だったのかと嬉しくなった。

澄んだ夜空に燦然と輝く星たちの何と美しいこと。感動で涙が出そうになった。

星空を眺めながら妹と子どもたちと一路東京に向かう。

しかし、行けども行けども山また山ばかり。対向車もなく、どんどん道が細くなってくる。

初めて走るルートなので何もわからない。ただ道なりに走るのみ……。

何時間くらい走ったのだろう。そのうち、うっすらと霧のような靄《もや》のようなものが出てきた。

周りに人家などない真っ暗闇の中、どんどん霧らしきものが増えて数メートル先も見えない。

ひたすらセンターラインを目印に走りに走った。

周囲の山々が明るくなる頃、ようやく人里に辿りつき、ホッと胸を撫でおろした。

今ならカーナビをセットしておけばどんなところからでも帰り道を教えてくれる。

それからは、夜中に人里離れた道を通ることだけはやめようと心に誓った。

けれど、満天の星も捨て難い。

あとがき

何かおもしろい詩は書けないものかとあれこれ考えていたら、パズルな詩集の中にある「たぬきとたぬきとたぬき」というタイトルが浮かびました。

成城学園で有名なこの地では、タヌキがいたりホタルがいたり、カブトムシがいたり、都会では滅多に見られない貴重な虫や動物がいます。

特に国分寺崖線は人の立ち入りを制限し、動植物を保護しています。住人の努力のもとに、たくさんの自然が守られ、都会にいながら自然を満喫することができます。

タヌキを見かけた夜、詩を書こうと思い「たぬきとたぬきとたぬき」と書いていたら、いつの間にかパズルのような詩ができました。さっそく、タイトルを「パズルな詩集」にして書いてみると、楽しくて時が経つことを忘れてしまいました。「ひまつぶしの詩」も同様に書けました。「ひまつぶしの詩」は当初、ファンタジー路線にしていたのですが、すぐに行きづまってしまい、現実そのもので何のヒネリもなくなってしまいました。しかし、「別離の子守歌」は親友のことで、到底ひまつぶしに詩《うた》うような軽いものではありませんが、自然にできあがった作品なのであえて掲載しました。

一片《ひとひら》でも心に残る詩がありましたでしょうか。

最後まで読んでいただいた皆さまには、心より感謝を申し上げます。

坂本 君江（さかもと きみえ）

1947 年、長野県中野市に生まれる。
1963 年から定年まで、（株）よみうりランドに勤務する。
現在、東京都世田谷区在住。

『詩集《ししゅう》　ふらり信州《しんしゅう》　ふるさとが恋《こい》しくなったら』

2015 年 12 月 24 日　　第 1 刷 ©

著　者　　坂本君江
発　行　　東銀座出版社
〒 101-0061　東京都千代田区三崎町 2-6-8
☎ 03(6256)8918　FAX03(6256)8919
http://www.higasiginza.co.jp

印 刷　中和印刷株式会社